LES
BARRICADES MYSTÉRIEUSES

EDMOND JALOUX

LES BARRICADES MYSTÉRIEUSES

PARIS
BERNARD GRASSET
" LES CONTEMPORAINS "
61, RUE DES SAINTS-PÈRES, 61
1922

CET OUVRAGE A ÉTÉ TIRÉ A 20 EXEMPLAIRES
SUR JAPON IMPÉRIAL NUMÉROTÉS DE 1 A 20 ET
800 EXEMPLAIRES SUR PAPIER VERGÉ CORVOL
ANTIQUE NUMÉROTÉS DE 21 A 820; PLUS 50 EXEM·
PLAIRES HORS COMMERCE NUMÉROTÉS DE A A
AZ.

EXEMPLAIRE

N°

A

JEAN DE PIERREFEU

Tantôt, mes yeux sont tombés, par hasard, sur un calendrier. 1er juin ! Je demeure rêveur devant cette date. 1er juin ! C'est un anniversaire. L'anniversaire du jour où mon ami Martial Herpin m'avoua que Mlle Wanda de Vionayves était amoureuse de lui.

Pourquoi les détails de cette journée ont-ils fait dans mon esprit une empreinte aussi profonde ? Pourquoi, même avant de savoir la répercussion que certains épisodes auront dans notre vie, sommes-nous touchés par eux, mystérieusement, comme les bêtes le sont par le mouvement sismique qui n'a pas encore eu lieu ?

Je me souviens même de la qualité spéciale de la lumière qui enveloppait Paris, lumière ni grise ni dorée, mais tour à tour grise et dorée, et même laiteuse par moment, et si douce que chaque maison, chaque monument, s'y nuançait à l'aise à la façon d'un coquillage poussiéreux, que l'on plonge dans l'eau et qui reprend couleur.

Après une longue promenade au Bois, je passai, en rentrant, chez un fleuriste. Je désirais que ce printemps avec lequel je venais de vivre sous les branches, dans les herbes d'or, le long des eaux traînantes, sous les lilas aériens, ne me quittât pas tout-à-fait. Je choisis des iris couleur de bronze clair, de lourdes pivoines, des roses, les premiers lys. J'avais envie de travailler, mais quand je fus seul chez moi, assis derrière ma fenêtre, regardant les maisons de briques de la place des Vosges et certaines fenêtres ouvertes, où des ombres de femmes circulaient, une langueur voluptueuse m'envahit, mélange de lassitude et de désirs obscurs, convoitise étrange, lourde et profonde, dont l'objet était incertain, mais l'intensité telle qu'elle se résolvait dans une angoisse. Je demeurai immobile, fumant une cigarette après l'autre, cherchant à imaginer l'âge, la figure, la forme des êtres qui passaient et repassaient sans fin sur l'écran jaune des croisées, sur l'écran noir de ma mémoire.

A dix heures, on sonna : c'était Martial Herpin.

Tout ceci est fini depuis longtemps. Cet anniversaire est vraiment un anniversaire, le retour d'une date identique et morte au milieu des jours différents, l'écho perdu d'une cloche d'Ys. Il ne reste plus grand' chose en moi du jeune homme encore frénétique qui, un soir d'extrême printemps, abandonnait son âme et ses sens aux tentations d'une nature tenace, obsédante et vide ; les années ont fait leur ouvrage, qui est de dépouiller nos rameaux de leur feuillaison trop abondante et de n'en laisser subsister qu'un dessin irrégulier, mais ferme et précis, — indispensable. Eh bien ! je peux affirmer aujourd'hui que je lisais alors dans mon caractère comme en un livre sans ratures, ni notes inutiles, qu'il n'y avait rien en moi qui ne fût clair à mes yeux, logique, évident, nécessaire... Ou du moins, je le croyais. Mais si nous nous connaissions tels que nous sommes, cette date du 1ᵉʳ juin ne me serrerait pas ainsi le cœur et je ne raconterais pas cette histoire, tandis qu'au dehors, le vent fait dans les feuilles le bruit même, rapide, atténué, puis renaissant soudain, d'une mer qui accourt sur une plage et la quitte en bavant, tandis qu'une locomotive semble appeler dans la campagne tranquille, qu'un fouet claque, qu'un chien aboie et que, dans le sable de mes souvenirs, je retrouve, en me baissant à peine, les vestiges du chemin parcouru !

Je savais que Martial Herpin aimait Mlle de Vionayves. Il ne me l'avait jamais dit positivement, mais me l'avait laissé entendre à diverses reprises.

C'était par moi d'ailleurs qu'il la connaissait, car notre maison de campagne et celle des Vionayves étaient limitrophes, depuis que mon père, écœuré de la politique, avait décidé d'abandonner, sinon le commerce des hommes, du moins celui des électeurs, et d'acheter, pour s'y retirer, une villa et un jardin en pente dans la vallée de la Bièvre.

Dès notre installation, j'y fis la connaissance de Wanda et de ses parents. Sa mère était Polonaise, — une Oldinanska, je crois, — d'où son prénom et son type de beauté. Elle avait une sœur plus jeune qu'elle, coxalgique, qui ne quittait guère son lit, et un frère cadet, qu'on ne rencontrait que dans les tripots et sur les champs de courses.

Depuis plusieurs années, je fréquentais donc assidûment Mlle de Vionayves; nous jouions au tennis, nous faisions ensemble de longues promenades, je la conseillais dans ses lectures. J'avais pour elle une affection franche, robuste, limpide, une tendresse de frère aîné, indulgente et un peu moqueuse, sans trouble, ni arrière-pensée. Jusque là, Martial ne la connaissait pas ; il habitait, tout l'été, avec ses parents, en Auvergne, et nous ne nous retrouvions qu'en automne, à la Faculté de Droit. Mais son père mourut, on dut vendre la vieille terre familiale des Herpin, et mon ami passa dès lors ses vacances à Paris, c'est-à-dire, en fin de compte, presque uniquement chez nous, à la campagne.

Ce serait peu de dire que Martial Herpin était mon meilleur ami : en réalité, il était le seul. Nous nous étions, dès le collège, reconnus, hélés, accrochés. Nous formions, pour nos camarades, un couple presque classique : Achille et Patrocle, Oreste et Pylade, Montaigne et La Boétie, Martial Herpin et Guy de Taradeil ; on nous jalousait et on nous raillait un peu, tout en nous admirant. Nous appartenions à la vraie race des amis ; nous défendions dans le monde les mêmes couleurs morales, les mêmes préjugés ; nous avions en commun un idéal, des coutumes, des paradoxes, des cravates. Nous aurions pu échanger nos ombres : personne ne s'en serait aperçu !

Depuis des mois, je voyais grandir l'amour de Martial pour Wanda. Peut-être même en pris-je conscience avant lui. Je le connaissais si bien ! Ses hésitations fréquentes, ses rougeurs subites, ses nervosités, le goût plus vif qu'il eut alors pour la musique de Chopin, ses discours romantiques, sa manière inattendue de défendre les peuples martyrs, de se passionner pour l'Irlande, d'être inflexible sur la question de Trieste, — ah ! que cela était donc clair pour moi ! J'aimais cet amour, je le protégeais, il me semblait que je l'avais semé et je le regardais pousser, devenir dru, vigoureux ; quels beaux épis il lèverait bientôt sous le soleil de Dieu ! A Wanda même, je tendais des pièges ; je voulais qu'au bout de toutes ses avenues morales, elle retrouvât Martial Herpin. Lisait-elle avec admiration Tourguéneff ? C'était Martial, justement, qui m'avait appris à l'admirer. Voulait-elle savoir le nom d'un oiseau, dont le chant semblait fait d'une spirale de notes, toujours plus légères, toujours plus mouillées ? C'était Martial et pas moi, l'ornithologue. C'était Martial qui adorait les enfants, qui craignait les voyages, qui recueillait les chats abandonnés, qui était prodigue et timoré, lui, encore, qui ne savait pas faire une addition, qui redoutait les fourbes, qui n'était jamais malade. Martial, sans s'en douter, prenait toutes les formes de ce Protée, qui était l'idéal absurde, successif et contradictoire de Mlle de Vionayves.

Mais j'avais une forte partie à jouer : Wanda était belle et recherchée. J'eus à combattre bien des ennemis ; je les défis l'un après l'autre. Herpin ne savait rien de mes luttes ; il attendait son heure ou bâillait aux corneilles. Il aimait, il prenait son temps ; il choisissait, pour arriver à son but, comme tous les amoureux, au lieu d'une belle route facile et directe, les chemins escarpés, les détours, les escaliers en casse-cou. Vingt fois, il faillit se rompre les reins. Je le soutenais comme l'on trahit, à l'improviste, par derrière. J'avais parfois envie de lui crier : « Courage ! Encore une maladresse, plus qu'une gaffe, et nous arrivons ! » Il ne m'eût pas compris.

Dix heures sonnèrent : mon ami Martial Herpin entra. Il tourna trois fois sur lui-même, bégaya, dit quelques bêtises, devint pourpre, puis tomba dans mes bras.

—Elle m'aime, Guy, elle m'aime !

J'eus le récit complet de l'incident. Pendant que je courais au Bois, cherchant le printemps qui n'y était pas, il accompagnait, à Jouy, Wanda de Vionayves et mon frère Martial. Je me doutais bien qu'il n'y avait jamais eu un pareil printemps, doux comme le lait de la femme, persuasif, insinuant, un printemps fait de rose et de pistache, comme une miniature persane, — et pas un cyprès à l'horizon !

Je voyais, en l'écoutant, l'endroit qu'il me décrivait : un banc, au bord d'une prairie où les graminées, à la moindre brise qui se présente, font mille révérences, mille courbettes, — des platitudes, quoi ! — plus loin, des ruches brunes, sagement rangées, posées comme des tabatières, avec, de-ci, de-là, un grain de tabac qui vole, tourbillonne, se dore au soleil, une abeille ! Pour les paroles, mon Dieu, je les imaginais, et les regards, et la main que l'on presse, le rite enfin, le protocole de l'Amour ! Rien n'est plus banal qu'une déclaration ; on pourrait vendre des formules toutes prêtes, dans les mairies, avec un questionnaire de rigueur. Mais tout cela paraissait prodigieusement neuf à Martial Herpin. Si je lui avais dit que quelques milliards d'êtres avaient éprouvé avant lui la même émotion, en prononçant les mêmes paroles, il eût été bien surpris. Après tout, peut-être n'y a-t-il pas toujours dans le cadre de l'idylle ces tabatières bien fermées et ces prises d'or tourbillonnantes : c'était l'apport personnel de Martial Herpin dans toute cette aventure, — aventure d'apiculteur ou d'amateur de pétun !

Je ne pleurai pas : il me crut insensible ; je ris même : il me crut méchant ; je le mis dehors à trois heures du matin : il crut que son récit ne m'intéressait pas, puisque je pouvais m'en fatiguer. Seul, je ne me couchai pas, je me mis à rêver. La grande œuvre de ma vie était accomplie, je n'avais plus qu'à me reposer. J'étais heureux. Les roses embaumaient dans la nuit légère de juin. Tout reposait sur la place des Vosges. Je voyais mon avenir s'étendre devant moi comme une chose égale et lisse; j'étais libre maintenant de ne pas me marier; j'aurais un foyer, une famille, qui m'accompagnerait jusqu'à la mort, poussant, autour de mon enterrement, ses enfants en noir, ses gendres gémissants, ses pleureuses bien rétribuées. Mon amitié pour Martial allait se multiplier, émettre des bourgeons nouveaux. Quel printemps radieux! Est-ce que les lilas blancs n'avaient pas grandi soudain, est-ce que leurs fleurs ne retombaient pas du ciel en grappes transparentes ? Je m'aperçus même, en regardant par la fenêtre, que quelques fleurs quittaient leurs branches invisibles et filaient à travers l'espace. Je pouvais faire un vœu, j'en avais le temps, celui que je formulais ne me sortant guère de l'esprit.

C'était le vœu par lequel se terminent toujours les contes de fées. Mais le conte de fées commençait à peine. Où Martial et Wanda se marieraient-ils ? Dans la vallée de la Bièvre, au milieu des sages Vionayves, des Oldinanski fougueux, des prudents Herpin, des Taradeil bavards ? Ou dans le palais de Titania, entre Mélusine et Viviane, les sylphes et les ondins, les elfes et les goblins ? Auraient-ils pour témoins un oncle, notaire, un cousin, colonel de gendarmerie, un ami, pompier ou M. de Carabas, Jean de Tinan, Fantasio ? Déjà, dans la nuit usée jusqu'à la trame, j'entendais des accents divins, de mourants accords sur des théorbes, sur des harpes éoliennes ; déjà, je voyais des ailes bleues, des ailes vertes, des ailes d'or, qui, dans un frémissement de libellules, entraînaient, sur un char fait d'une noix taillée dans un diamant, Martial et Wanda, vers le palais de calcédoine, aux piliers vibrants, où le curé qui les attendait était un bon scarabée d'Egypte, solennel dans sa soutane rude. Mais ces ailes, toutes ces ailes, je les reconnaissais maintenant : voici le peuple couleur de tabac qui, au milieu de son bourdonnement laborieux, trouve le temps d'accorder sa bénédiction aux fiançailles de la prairie !

Je ronflais si fort que cela me réveilla. Je courus suivre au lit mes hallucinations matrimoniales et le fil de la réalité.

*
* *

Le lendemain, je me rendis à Jouy. J'avais hâte de voir Wanda. Je la trouvai dans un coin de son jardin en terrasses. Elle cueillait des pois de senteur, papillons multicolores. Rien de son visage ne décelait la moindre émotion nouvelle, le plus léger changement.

— Ma foi ! dit-elle, en me regardant, je ne vous attendais guère aujourd'hui.

— C'est pour vous que je viens, Wanda. Je suis si impatient de vous parler !

— Pour moi ? Que vous devenez empressé, mon ami !

—Allons, ne plaisantez pas ! Martial m'a tout dit.

Elle me considéra curieusement, d'un œil entre amusé et désappointé, qui m'étonna.

—Et cela ne vous a fait aucune peine ?

Ce fut à mon tour d'être interloqué, de l'examiner avec surprise.

— De la peine à moi ? Et pourquoi ?

—Je... je croyais que vous aviez un petit sentiment pour moi...

Elle avait baissé les yeux, avec de la coquetterie, avec une modestie feinte.

— Un sentiment pour vous, Wanda ?

— Oh ! je ne vous en aurais pas voulu

pour cela! Non, je croyais, je m'étais ima-giné... Je vous demande pardon, Guy... Et puis n'exagérons rien! Je ne m'attendais pas à votre silence, ni même à vos larmes. Mais je supposais qu'un regret, oh! minuscule...

Etait-il possible qu'elle n'eût rien vu de mes ruses, de mes subterfuges pour l'amener à choisir Martial, à aimer Martial ? Ainsi ce magnifique succès que je croyais avoir obtenu tout seul n'existait que dans mon imagination, et Wanda ne s'était même pas doutée de mon rôle, de mon amical apostolat. C'était la faillite de mon messianisme !

Je n'oserai pas affirmer aujourd'hui que mon rôle sublime lui ait échappé aussi complètement qu'elle le disait à cette minute, mais alors je ne me doutais même pas qu'elle pût avoir une arrière-pensée ; je demeurai donc fort penaud et, je pense, quelque peu ridicule.

— Que voulez-vous, Guy ? reprit-elle.
Je ne supposais pas que vous puissiez être
si heureux de me savoir amoureuse. C'est
cela qui m'a interloquée...

— Amoureuse de mon meilleur ami,
Wanda !

— Oh, je sais !... D'un autre homme
enfin ! Mais j'en suis très contente. Ce
qui rendait ma joie moins parfaite, c'était
la peur, justement, que vous ne la parta-
giez pas. Maintenant, je peux m'abandon-
nez pleinement à mon allégresse...

Elle était debout, au bord d'une terrasse,
appuyée à un gros pot de faïence verte,
qui contenait un thuya aplati. Elle effeuil-
lait, en me parlant, son bouquet de pois
de senteur, d'une main distraite et minu-
tieuse. Jamais elle ne m'avait paru aussi
jolie. Une manche, très courte, découvrait
son bras blanc, potelé, où le soleil faisait
miroiter un léger duvet d'or.

Derrière elle, sur l'autre versant de la vallée, cimes sur cimes, moutonnaient les masses étagées des bois. Leurs têtes rondes se superposaient indéfiniment, comme les yeux dans la queue d'un paon. La façade blanche d'un château jouait sur toute cette verdure, à la façon d'une plume de cygne à la surface d'un étang. Et, au-dessus, montait un ciel changeant, mi-gris, mi-bleu, plein de vapeurs errantes, de formes diaphanes, de franges de soleil, de nuées riantes qui ressemblaient à des naïades.

Wanda parlait sagement, modestement, avec un grand air d'innocence. Et, cependant, sans que j'en eusse conscience, chacune de ses paroles m'empoisonnait. A mesure qu'elle me conviait à plus de joie, je sentais mon bonheur diminuer, se ternir... Qu'avait-elle donc dit qui pût m'assombrir à ce point ? Sur le moment, je crus que je lui en voulais un peu de la trouver si réservée, si peu satisfaite. Ce ne fut que beaucoup plus tard que je commençai d'entrevoir la vérité.

Wanda m'entraîna au salon. Elle s'assit au piano, jeta quelques accords au hasard, puis j'entendis les harmonies d'une de mes pièces favorites : *Les Barricades mystérieuses*. Jamais l'étrange musique de Couperin ne m'avait serré le cœur à ce point. Ces phrases perfides et mélancoliques, qui reviennent sans cesse sur elles-mêmes, ces appogiatures, qui vous donnent un tel sentiment d'irréalisé, ces résolutions capricieuses, qui ne résolvent rien et qui, de leur nœud gracile, laissent aussitôt se dérouler de nouvelles guirlandes de sons cristallins, cette mollesse et ces désirs presque galants et presque funèbres, tout cela m'enveloppait et m'engourdissait. Je ne sais quoi m'isolait et me séparait du monde. Une sorte de rêverie me pénétrait, si lourde, si désenchantée, qu'elle me paralysait peu à peu. La vie m'apparaissait à travers une buée, dansante et défaite, et telle que la robe d'or d'une danseuse que l'on voit, sur l'autre rive d'un fleuve, au milieu du brouillard, mêlée à des oiseaux, à des blés, à des vapeurs d'encens, à des rafales de feuilles. Traînantes images amoureuses qui me brûlaient les yeux, nostalgies d'un soleil inconnu, désirs d'une immortelle, plus belle que toutes nos roses, ballet de mortes encore sensibles, qui flottent sous les cyprès d'un cimetière, tandis que la vigie d'une hulotte signale à l'horizon un campagnol, la lune ou la rentrée du concierge ivre !

Je vis le jour s'en aller vers l'Occident, glissant sur un chemin de sable empourpré, je vis la nuit venir de l'Orient, courant sur des dalles déjà noires. Je vis le forgeron céleste suspendre à la voûte de son atelier une étoile à peine polie, puis une autre, mieux façonnée, un pendentif, enfin, étincelant. Je fermai les yeux. Wanda s'était tue depuis longtemps.

— Eh bien ?

Le bruit d'une voix humaine me fit tressaillir. Mlle de Vionayves posa la main sur mon épaule.

— Allez-vous-en, homme heureux, dit-elle. Il est tard ! Et cuvez bien votre joie, Sardanapale !

Je me levai et me dirigeai en chancelant vers la porte.

— Quand vous marierez-vous, Wanda ?

— Les premiers jours de septembre !

Comme je la quittai, elle me tendit la main. Fit-elle, elle-même, sans le vouloir, un geste qui m'y invita, obéis-je à un sentiment irréfléchi ? Je la portai à mes lèvres et je les appuyai longuement ensuite, sur son bras, au-dessus de la saignée. Elle ne parut pas étonnée et elle rentra dans l'ombre.

Je regagnai Paris, le soir même, sans m'arrêter chez mes parents. J'étais en proie à un malaise indicible, irrité contre Wanda, contre Martial, contre moi-même. J'aurais voulu ne plus les revoir, me désintéresser de leurs affaires. Leur seule pensée, à tous deux, me donnait une impression d'amertume et presque de dégoût.

— Qu'ils se débrouillent, pensai-je. Ils sont trop idiots!

Ces paroles ne correspondaient à rien qu'à ma propre absurdité. Ils ne m'avaient rien demandé. Qu'avais-je besoin de m'occuper d'eux ?

Malgré moi, cependant, je ne pouvais détacher de mon esprit l'image de Wanda. Je la voyais appuyée contre le thuya, ses yeux verdâtres et semés d'or reparaissaient

devant les miens, et sa lèvre courte et sen-
suelle, et son bras blanc, rond, duveté.
C'était la première fois que son physique
me frappait à ce point.

— On dirait qu'elle est plus jolie...

Je me demandais tout-à-coup si Martial
serait heureux avec elle. Après tout, je la
connaissais bien mal ! Elle était si réticente,
si dissimulée... Puis, las enfin de peser de
la poussière, je me confiai au sommeil.

Les jours suivants, je me remis de mon
trouble et j'oubliai peu à peu ce pénible
après-midi. Martial rayonnait, Wanda semblait heureuse, et je me prodiguais moi-
même afin de leur faire apprécier plus encore leur chance. Je crois que je devins
la mouche de leur coche amoureux, mais,
si je les ennuyais parfois, ils eurent le bon
goût de ne jamais me le dire.

Cependant, j'éprouvais parfois des tris-
tesses anormales. Cela me prenait à la fin
de la journée et cela augmenta au commencement d'août. Quand la lumière deve-

nait plus pauvre, quand se taisaient les feuilles, avec le calme annonciateur de la nuit, quand, dans le pré obscur, seul, brillait un ruban d'eau, quand un frisson soudain me prenait, comme si quelqu'un mettait le pied sur ma tombe, je m'arrêtais soudain de vivre. Je veux dire que toutes mes facultés souffraient d'une sorte d'inhibition subite ; mes nerfs devenaient atones, mon esprit, frappé de stupeur. Tout m'apparaissait misérable, sordide, puant. La vie prenait à mes yeux couleur de cloaque, rien ne m'intéressait plus, rien n'accrochait la moindre étincelle à ma pensée. J'avais envie de pleurer, j'avais envie de mourir, et pourtant, au contraire, j'aurais voulu vivre pleinement, être mêlé à des actions énormes, prendre ma part de fêtes grandioses, d'orgies, ou encore, me griser de passions héroïques, d'exploits chevaleresques. Mais surtout j'aspirais à l'amour...

— C'est le bonheur de Martial qui me fait souffrir de ma propre solitude, pensais-je. Ce n'est que cela...

N'était-ce que cela ? Quelques jours après, je devais bien voir que non.

Le mariage était décidé pour le 7 septembre. On passait son temps en pourparlers, en courses, en achats. Tout retentissait de colloques, de bruits de voitures, de repas pris en commun. Les deux familles s'épuisaient en caquets et en révérences; comme des cartes de nouvel an, elles échangeaient leurs mensonges, leurs oncles gâteux, leurs centenaires représentatifs, leurs espérances de décès fructueux. Au milieu de cette extraordinaire animation, seuls, Martial et Wanda paraissaient graves.

Je rencontrai, un jour, Mlle de Vionayves dans une allée.

— Venez vous promener avec moi, dit-elle. Je suis abandonnée. Martial est à Paris.

Août pesait sur la campagne comme une meule de feu. Tout flambait. Entre les branches, on voyait de petits toits de tuiles crépiter au soleil comme des coquelicots. Mais il suffisait d'une fumée pour que l'on reprît confiance dans l'automne, pour que l'on acceptât d'avance les foyers sages de l'hiver.

Martial et Wanda ne savaient pas encore où ils feraient leur voyage de noces. Je demandai s'ils avaient pris une détermination à ce sujet.

— Notre voyage ? dit-elle. Dans la lune, je pense, ou dans Sirius...

— Irez-vous en Italie ?

— Non, j'entendrais réciter Bürckhardt tout le long du jour.

— En Angleterre ?

— Je la connais : j'ai lu Dickens.

— En Espagne ?

— J'appartiens à la société protectrice des animaux.

— Où alors ?

— Que m'importe ?

— Il est vrai, répondis-je, que l'essentiel pour vous est d'être seule avec Martial. Ici ou là...

Je vis un orage soudain amassé dans ses yeux verts, sous ses sourcils froncés.

— Pauvre Guy ! dit-elle. Toujours aveugle ! Ai-je l'air d'une femme que l'on mène à son rêve ? Ne voyez-vous pas que je suis excédée de ce bruit, de ces grâces que l'on me fait, de ces confiseries que l'on me force à ingurgiter ? Je suis malade de gâteaux au beurre, mon ami, voilà ce que je suis ! Jamais je n'aurais consenti à épouser Martial, si j'avais su que le mariage serait un tel supplice.

— Mais vous l'aimez !

— Vous aussi ? N'est-ce pas assez de lui qui me répète cette bête de question vingt fois l'heure. « M'aimez-vous ? » —

« L'aimez-vous ? » Assez ! assez ! J'ai une indigestion de sucreries, je vous dis. Quel ennui que tout cela ! Martial m'assomme, voilà la vérité. Ce n'est pas un amoureux, c'est un marchand de rahat-loukoums. Il y a des moments où j'ai envie de filer avec un toucheur de bœufs de la Villette.

Je la regardai avec tant de surprise qu'elle éclata de rire :

— Mon ami, vous êtes impayable ! Si je savais peindre, je ferais de vous un croquis admirable, avec cette bouche ouverte et ces yeux béants. Décidément, les hommes sont aussi stupides les uns que les autres. Je vous croyais cependant moins bête que Martial.

— Avouez que vous avez une manière de parler de votre prochain mari qui est faite pour étonner.

— Vous en entendrez bien d'autres !

— Si vous ne l'aimez pas, insistai-je, pourquoi l'épousez-vous ?

— Et qui vous a dit que je ne l'aimais pas, subtil sorcier ? Le sais-je seulement, si je l'aime ou non, si j'ai envie de tirer sa grosse moustache de phoque sortant de l'eau ou si je préfère entrer dans un couvent, si je brûle de vitrioler sa dernière maîtresse ou de le rendre à jamais ridicule en lui accrochant des annonces dans le dos : *Appartement à louer. Rasoir Gilett !*

Et comme je m'efforçais de lui dire des choses raisonnables, elle me tourna le dos en déclarant que je l'ennuyais à périr.

Je rentrai chez moi, pensif et inquiet. Ce soir-là, je ne regagnai pas Paris, et je retournai chez mes parents. Ils étaient réunis autour d'un potage trop chaud et d'un rôti trop froid, mais mille propos oiseux leur voilaient ces désagréments.

Pendant le dîner, il ne fut question que du mariage de Martial et de Wanda ; je dus entendre une dizaine d'aphorismes, dont ma famille faisait depuis ma naissance un usage quotidien et qui lui venaient, je pense, de ses premiers ancêtres : ces propos fleuraient l'âge de pierre !

— Eh bien ! tu ne parles pas ? me dit ma sœur, frappée de mon silence.

Je lui fis observer que, vivant depuis trois mois entre eux deux, je n'avais pas grand'chose à apprendre et que, d'ailleurs, ce sujet m'excédait un peu.

— Tu es bien toujours le même, déclara ma mère, piquée, — bizarre et contrariant.

Le dîner fini, je sortis, j'allai me coucher sur un banc, dans tel coin tranquille que je connaissais.

J'avais besoin de calme, de repos ; peut-être aussi d'y voir clair en moi-même. La nuit me donna tout de suite une impression de douceur, de sérénité, qui me firent du bien. Il me semblait que je m'y simplifiais, que j'y lavais mon cœur de je ne sais quelles impuretés dont il était souillé.

Il faisait extrêmement clair ; au-dessus de moi, les étoiles, innombrables étaient toutes proches ; je me perdis peu à peu dans leur contemplation muette. Elles formaient des combinaisons de signes, des figures, dont la variété me causait une sorte de vertige. Entre les constellations, il y avait des astres presque imperceptibles, qui apparaissaient vaguement et poudroyaient à la façon d'un sable lumineux. C'était comme une laitance scintillante suspendue sur ma tête, dans un fourmillement qui épuisait l'attention. Et, partout où se posaient mes yeux, je voyais la même prodigalité.

A plusieurs reprises, des étoiles perdues avaient dessiné de lumineuses trajectoires, mais si promptes que j'avais à peine eu le temps de les apercevoir. Je me souvins, je ne sais pourquoi, de la coutume qui fait, au moment de leur chute, prononcer un vœu au hasard.

— Lequel Wanda forme-t-elle ? me demandai-je.

A ce moment, une étoile traversa l'horizon, mais si calmement, si lentement, avec une telle majesté, que je pus la suivre des yeux pendant plusieurs secondes.

Je ne peux pas dire que je formulai distinctement le moindre souhait, mais la velléité presque inconsciente de le faire me sillonna l'esprit, et celui que j'aurais énoncé, celui dont j'avais distingué l'ombre plutôt que le contour précis, eut cependant le loisir de m'épouvanter, tant il me parut criminel et éloigné de mon sentiment véritable.

Je me levai dans une grande agitation.

— Il n'est pas possible que je pense une

chose pareille ! m'écrirai-je. Je n'ai que de l'amitié pour Wanda, une sage et simple amitié.

— Mais alors, reprenais-je, pourquoi ai-je failli penser *cela* ? Que se passe-t-il en moi ? Quel jeu jouons-nous tous, et moi le premier ?

Toute cette paix que la nuit m'avait offerte s'enfuyait à nouveau. Je marchais à grands pas dans les allées tortueuses, butant aux pierres, irrité, troublé. Et, cependant, au milieu de cette agitation, je ne peux pas affirmer que j'étais absolument sincère ; j'en savais plus long que je ne voulais me l'avouer ; et plutôt que la vérité, je cherchais à ne pas m'entendre, à faire du bruit en moi-même et à troubler l'eau d'une conscience qui avait quelque chose à refléter.

Le lendemain, vers onze heures, je reçus

la visite de Martial. Sa vue ne me fut pas agréable ; je regrettai de ne pas être rentré à Paris, la veille.

Il tourna un moment dans ma chambre, d'un air gêné, puis, d'une voix brève et saccadée :

— Ecoute, Guy, il faut que tu me répondes sincèrement. Je sais que tu as vu Wanda hier. Que t'a-t-elle dit ?

— Ma foi, rien qui mérite qu'on s'en souvienne. Des banalités... Pourquoi me demandes-tu cela ?

— Je ne suis pas content de Wanda. Je ne sais pas ce qui se passe en elle, mais j'ai lieu de m'en inquiéter.

Je feignis l'étonnement le plus complet et je lui demandai des explications.

— Si je pouvais t'en donner, me répondit-il, je serais déjà moins tourmenté. C'est tout et rien, c'est une parole en l'air, une plaisanterie, une moue, une certaine façon de blaguer notre mariage, une certaine tendance à jouer à la victime. Elle affecte en public de railler les mariages d'amour, de donner à croire qu'elle n'en fait pas un. Est-ce une comédie ? Est-ce pudeur de jeune fille offensée par la publicité des fiançailles et qui entend cacher ses sentiments ? Je l'ignore. En somme, tu la connais, toi, depuis son enfance, et elle te parle assez intimement. J'ai supposé que tu pourrais me renseigner sur elle.

Je répondis loyalement que j'avais fait des remarques analogues, mais que j'étais fort en peine de lui livrer le moindre avis utile, car je ne comprenais pas mieux que lui la conduite de Wanda et que j'ignorais son secret.

— Enfin, s'écria Martial, exaspéré, m'aime-t-elle ? Il y a des jours où je finis par en douter.

— Elle ne m'a pas fait de confidences à ce sujet.

— La crois-tu capable de m'avoir menti et de s'être moquée de ma naïveté ?

— Non, mais d'avoir pu se tromper elle-même sur ses sentiments.

— Dis-moi la vérité, Guy. Je suis ton plus vieil ami. A-t-elle aimé quelqu'un avant moi, quelqu'un, par exemple, qu'elle puisse regretter ?

— Pas à ma connaissance.

— Mais tu as pu avoir des soupçons d'un sentiment de ce genre. Voyons, tâche de te souvenir.

Ses mains tremblaient ; toute sa figure tendue, contractée, ridicule, ses yeux inutilement expressifs, me confessaient l'horreur de son anxiété. J'éprouvais pour lui de la pitié, et, en même temps, un certain mépris inexplicable, comme si j'étais moi-même tellement heureux que je dusse en ressentir une fierté joyeuse et secrète.

— Ma foi, non, dis-je, je ne me rappelle rien. Elle m'a toujours paru indifférente à tous et presque insensible.

— C'est incroyable !...

— Mais, enfin, lui demandai-je, à mon tour, avec une curiosité perverse, quand vous êtes seuls ensemble, comment se montre-t-elle avec toi ?

Il parut gêné et hésita avant de répondre :

— C'est bien difficile à dire, elle est si changeante... Il y a des moments où elle est câline, tendre, d'une douceur d'enfant, il y en a d'autres où elle est rétive, impatiente, toutes griffes dehors. Le plus souvent, je la trouve distraite, lointaine, ennuyée... Ennuyée, oui, c'est le vrai mot, et voilà ce qui me préoccupe. Car enfin, si elle s'ennuie déjà avec moi, que sera-ce dans un an ? Que me conseilles-tu de faire ?

— Il serait peut-être sage de solliciter une explication et de savoir à quoi t'en tenir.

— Mais, je l'aime, Guy, je l'aime ! Une explication risque d'envenimer bien des choses...

— Alors, joue ta chance.

— Tu ne pourrais pas tâcher d'apprendre quelque chose, l'interroger habilement ? Elle se méfiera moins de toi que de moi-même, et si elle a un reproche à me faire, elle ne sera pas gênée pour te l'avouer.

Je demandai à réfléchir ; cette proposition ne me plaisait qu'à demi. Au fond, j'avais peur de la provoquer, car j'en redoutais les graves conséquences possibles.

Cependant, Martial insista tant et si bien que je finis par accepter cette étrange ambassade.

Je devais rentrer à Paris ce jour-là ; il ne m'était pas possible de voir Wanda avant mon départ. Et puis, s'il faut tout dire, je redoutais de l'aborder, portant en mes mains innocentes cette grenade, cette bombe explosive.

Je me retrouvai à Paris comme un étranger. Il fallait que j'eusse bien vieilli en deux jours pour m'y sentir si différent. Je remontai à pied le long du quai d'Orsay, enviant la Seine aux écailles grises d'avoir un cours à ce point régulier et d'être aussi sûre de sa route. Le soleil, taquin, brouillait les lignes de la ville et gaspillait ses flèches comme un enrichi de la veille. Paris étant à peu près vide, personne ne s'apercevait de cette orgie.

Au coin d'une rue, je m'effaçai pour ne pas être bousculé; deux gaillards, en manches de chemise, poussaient une charrette à bras, qui contenait, plus grand que nature, un buste en marbre de Racine. Et, malgré moi, j'eus un serrement de cœur, comme si c'était un mauvais présage que de croiser ainsi le dieu même du pathétique. Sa perruque de pierre oscillait lentement...

Rue du Bac, je pris un fiacre pour rentrer chez moi. Mon appartement sentait la poussière et le renfermé, un bouquet de glaïeuls, oublié, achevait de pourrir en un vase. J'ouvris les fenêtres. Rien n'entra que la suffocante touffeur du jour, — pas une hirondelle, pas un papillon! Je m'assis lourdement dans un fauteuil, je regardai le ciel nu, un ciel sans motifs, sans arabesques.

Et la tristesse que j'avais éprouvée souvent remonta sournoisement en moi, cherchant le chemin de mon cœur. Je la sentais dans mes genoux, dans mes bras, avant même que ma pensée eût pris conscience d'elle.

D'où venait-elle, si épaisse, si intolérable, presque séculaire ? Avait-elle traversé des charniers, sondé des tombes, erré sous les pyramides vides des rois d'Egypte ? Avait-elle recueilli les larmes d'Antigone, coupé au seuil du Carmel les cheveux de La Vallière, ramassé, tout fumant à côté de lui, le revolver de Raymond Laurent ? Sortait-elle, pour me rejoindre, du cœur misérable d'un prophète juif, faisait-elle infuser pour me séduire les feuilles mortes des automnes romantiques? Il me semblait qu'elle voulait déposer sur mes épaules le faix même de la mélancolie du monde.

Si je pensais à la vie, je ne voyais que baisers d'adieu, larmes versées dans les ténèbres, amis qui se trahissent, femmes qui mentent, chiens perdus qui cherchent leur maître, et la petite plume immobile sur la bouche de Cordélia.

Je me levai, je m'efforçai de secouer cette angoisse écrasante. Les arbres grillés de la place des Vosges étaient eux-mêmes une dérision de la Nature. Dans ces maisons rouges et noires, où je me plaisais à imaginer tant de scènes galantes ou le spectacle du génie, des femmes en camisole passaient dans le cadre des fenêtres, ou des hommes, mal vêtus et qui fumaient des pipes. Tout conspirait, tout se liguait contre moi.

Alors, je pris un horaire des trains, je cherchai à quelle heure partait le rapide pour Saint-Sébastien, l'express de Vallorbe. J'entendais laisser à leur destin Martial et Wanda, vivre pour moi, retrouver la paix...

Le samedi, j'étais de nouveau à Jouy.

— Wanda est dans le jardin, me dit Mme de Vionayves. Allez l'y chercher, et même, si vous pouviez la rendre plus raisonnable...

Tout le monde s'en mêlait. De quelle sagesse me croyait-on le dépositaire, moi qui tremblais de ma propre folie?

Je descendis par les chemins en lacets sans apercevoir Wanda. Je n'entendais que les chants des oiseaux qui semblaient jouer à cache-cache avec moi et railler ma vaine recherche. Un merle, surtout, s'obstinait avec une cruauté insigne.

Soudain, mon chapeau de paille reçut un choc violent, et un marron roula à mes pieds. Je levai la tête et j'aperçus Wanda, assise dans un arbre, à la fourche de deux branches, les jambes pendantes.

— Eh! lui criai-je, que faites-vous là-haut?

— J'attends qu'une fée me transforme en mésange. Je suis excédée d'être femme.

— Descendez, j'ai à vous parler.

Elle fit la moue.

— Est-il bien nécessaire que vous me

parliez ? Vous avez toujours si peu de choses à me dire !

— Aujourd'hui, ma besace est mieux garnie !

— Nous verrons bien !... Surtout, ne regardez pas mes jambes ! Elles sont trop jolies pour un pauvre sire tel que vous et trop dangereuses pour un homme à ce point raisonnable !

Je levai les yeux sur elles; un frisson me parcourut; longues, délicates et pointues, elles avaient tant de grâce espiègle et de finesse sous la soie orange qui les enveloppait !

Wanda se dirigeait maintenant vers moi, de cette démarche qui lui était habituelle et par laquelle elle avançait précautionneusement les pieds, les posant d'abord de la pointe, comme les chèvres font.

— Voilà ! je ne suis pas trop décoiffée pour votre goût ? Non, tant mieux! Il est vrai que vous me regardez si rarement! Eh bien ! qu'avez-vous à me dire ? Connaissez-vous la parole magique par laquelle on sépare en un clin d'œil mille plumes de bouvreuil de mille plumes de chardonneret ? Non, je suppose ! Vous ne savez pas davantage comment on délivre les pauvres jeunes filles qui ont été métamorphosées en crapauds, en fontaines ou en fiancées...

— Qui vous dit que je ne le sache pas?

— J'écoute...

Mais j'eus peur de nouveau, et je me tus.

— Vous voyez bien, mon pauvre ami, que vous ne faites guère de progrès.

Et elle ajouta, avec un air pensif:

— Serin, vous étiez, serin, vous êtes...

— Ne plaisantons pas, lui dis-je.

Et je la fis asseoir à côté de moi, sur un vieux banc recouvert de mousse.

— Martial se plaint de vous. Il ne sait ce qu'il doit penser de votre conduite à son égard. Plus la date de ce mariage approche et plus vous lui paraissez irrésolue et froide. Il en arrive même à douter si vous l'aimez.

Wanda regardait une simple bague, mais de monture ancienne, que je portais depuis quelques jours.

— Qui vous a donné cette bague? dit-elle. Elle est très jolie, vous ne l'aviez pas. D'ailleurs, vos mains m'ont toujours énormément plu. On dirait vraiment, à les voir, que vous n'avez jamais rien fait de votre vie.

— Wanda! Vous moquez-vous de moi?

Elle répondit, d'une voix gouailleuse, traînante, un peu rauque, une voix qui avait un accent presque imperceptible de vulgarité.

—Eh bien, quoi? C'est la seule réponse

sensée que je puisse vous faire. Martial vous charge d'une commission niaise, et vous êtes si nigaud que vous l'acceptez. N'est-il pas assez grand pour régler ses affaires lui-même ? Si je vous dis la vérité, oserez-vous la lui répéter ?

Elle se leva à demi et je vis dans ses yeux une expression si fine, si cruelle, si farouche, que je n'osai répondre affirmativement.

Elle continua :

— Que l'on ne me pousse pas à bout, ni lui, ni vous, ni ma mère ! Personne ne me connaît ici. Je ne suis pas une de ces poupées mécaniques qui disent *oui, non,* et dont se ferment les yeux, quand on les couche. Je ne hais pas encore Martial. Qu'il prenne garde ! Et puis, en voilà assez...

S'appuyant contre moi, elle posa sa tête sur mon épaule et me considéra rêveusement d'un regard oblique.

Je voyais de tout près la pulpe veloutée de son visage de blonde, son cou rond et presque le commencement de sa gorge ; la blancheur de sa peau, pétrie de jour et d'Orient, m'aveuglait ; une odeur subtile, indéfinissable, montait de tout ce corps jeune jusqu'à mes narines. Mais cela n'était rien encore...

Toute ma tristesse, toute mon angoisse s'acharnaient sur moi. Je savais bien ce qui les dissiperait à jamais. Le souvenir de mes jours de luttes et de demi-clairvoyance, de mes nuits de rêves troubles et furieux me relançait, me harcelait, me poussait à ce grand geste libérateur qui ferait tomber mes chaînes. Je me baissai, je fermai les yeux, j'attendis le tonnerre...

Et sur ma bouche, je sentis le contact des lèvres de Wanda. Elle ouvrit les yeux, elle me regarda et dit :

— Enfin, vous y êtes venu !

Je m'étais levé, passablement interdit, à demi titubant, comme celui qui sort de la nuit et qui, ouvrant sa fenêtre, se laisse griser tout à coup par l'éther glacé de l'aurore.

— Qu'avons-nous fait ? murmurai-je stupidement.

— Dame, dit-elle, rompu mon mariage! Ce n'est déjà pas si mal!

Elle montait en courant vers la maison.

— Revenez ici, ce soir, après le dîner, me cria-t-elle, j'y serai.

Le remords me cachait encore la joie. Je ne pensais qu'à Martial, qu'à sa douleur. Je cherchais mon point de culpabilité, le commencement de ma trahison. Je m'étonnais, malgré mes efforts, de me sentir aussi innocent. Pour un peu, j'eusse, sur mon ami, fait retomber toute la faute. Par sa maladresse, par sa lourde insistance, ne s'était-il pas rendu haïssable à Wanda ? Qui donc, sinon lui, avait détruit son bonheur ? Tantôt encore, ne plaidais-je pas pour lui ? Avec quel désintéressement, puisque j'aimais Wanda !

Car j'aimais Wanda, et voilà l'essentiel. Depuis quand ? Je l'ignorais, et qu'importait d'ailleurs ? Je devais porter en moi ce secret depuis longtemps. Pour un peu, j'eusse, à ce moment, soutenu que je l'avais aimée bien avant Martial lui-même, alors que, si je me fusse montré sincère, j'aurais fait dater la naissance de ce sentiment, de la minute où ma vanité avait senti, dans l'attitude de Wanda, je ne sais quel regret que je ne fusse pas amoureux d'elle, — quel espoir que je le devinsse !

Mais je ne demandais pas à être sincère, je ne demandais qu'à être heureux. La joie naissait en moi, subtile, multiforme, une joie si vaste que j'avais envie de la faire partager à tous les humains. En remontant vers notre maison, tout me montrait un sourire amical. Il me semblait que les arbres se penchaient sur moi pour me féliciter, que les fleurs me faisaient de petits signes de tête. Le ciel, là-haut, dansait avec tous ses nuages, dans une ronde sans fin : nuages d'or, nuages de dentelles, nuages de roses tournoyant au-dessus de la vallée.

Je m'assis sur un banc, je regardai le village, en bas, rangé comme sur une estampe, avec ses ardoises bleues, et son clocher fuselé, et ses maisons sages, dont je connaissais chaque devanture, chaque habitant. Il s'exhalait en cet instant vers moi comme un doux parfum de bonheur ; c'était une vraie image de la paix, peinte au bas de la page, que je contemplais jusqu'en haut, jusqu'à ce grand espace libre, où les nuages tournaient, où un avion mordoré descendait comme un épervier, les ailes étendues. Entre le village et le ciel, mon regard se caressait mollement à ces coteaux couverts d'arbres qui avaient l'air d'une vieille tapisserie de « verdure », encore brillante, et, par endroits, usée.

Je demeurai là longtemps, apaisé comme un homme qui a pris une bonne dose d'opium. Chaque pensée qui me venait augmentait mon bien-être, ma délectation ; à vrai dire, ce n'étaient point des pensées vraiment formulées et elles ne tendaient à rien de pratique ; des rêves plutôt, des images qui, se déplaçant lentement, apportaient à mon cœur des ondes de joie, toujours plus intenses, toujours plus vagues. Je portais mes mains à mes narines, je respirais sur elles le parfum de Wanda, et cela suffisait à me rendre son portrait aussi présent que si je l'avais sous les yeux. Parfois, un détail s'en détachait que je revoyais seul, disproportionné, brutal comme une hallucination ; tantôt, ses yeux larges, humides, dont la sclérotique était nacrée, la pupille, large, l'iris, d'un vert clair taché de points sombres ; tantôt le dessin de son cou lisse et rond, si puissamment attaché aux épaules, ou bien encore la forme de ses jambes, hautes et pures, aux genoux bien moulés, et qui

venaient de m'être révélées pour la première fois.

La nuit vint sur ma contemplation, un
train roula dans la campagne. Les belles
soies du ciel se doublèrent de crêpe ; bientôt, il s'y attacha une goutte de rosée, puis
une autre, une autre encore, — et je reconnus les étoiles.

Je ne dînai point et j'allai attendre
Wanda dans son jardin, bien avant l'heure
où elle y parut.

Cette soirée-là ne fut qu'un long délire.
Nous nous dîmes cent fois que nous nous
aimions, que nous ne pouvions plus vivre
l'un sans l'autre, qu'il était incroyable que
nous ne l'eussions pas compris plus tôt.
Nous nous répétâmes ces serments, ces en-
fantillages, ces promesses, qui servent,
depuis que le monde existe, à masquer
l'incertitude de nos sentiments véritables
et le peu de pouvoir sur soi-même dont

notre cœur dispose. Martial avait excité mon ironie en me peignant ces transports, comme s'il était le premier à les avoir éprouvés, mais en les ressentant à mon tour, je trouvai naturel de croire que nul homme, jusqu'ici, n'avait été aussi amoureux que moi. Après tout, ce furent les plus belles heures de ma vie, et quoi qu'il advint par la suite, je n'en reste pas moins, à Wanda, débiteur d'une joie pareille.

Nous passâmes dehors la plus grande partie de la nuit. Ce ne fut qu'au premier frisson du matin et quand nous commençâmes de perdre quelques étoiles — il est vrai que notre compte n'en était peut-être pas très exact ! — que nous nous quittâmes, avec mille baisers et protestations, pour rentrer chacun chez soi.

Au milieu de nos folies, nous avions organisé tout un plan de guerre ; il était convenu que, sous prétexte de santé, Wanda quitterait Jouy en hâte et se retirerait assez loin. De là, seulement, elle écrirait à Martial une lettre de rupture. Nos fiançailles ne pourraient se célébrer que quelque temps après.

Ce fut un beau tapage quand on apprit que le mariage de Martial et de Wanda était rompu. Les Vionayves, après deux ou trois disputes, prirent la chose assez bien, mais ma famille, se jugeant absurdement solidaire de l'honneur de mon ami, fit à la jeune fille, et par correspondance, des représentations assez vives, ce qui me mettait dans une situation fort ridicule. Enfin, ma mère et ma sœur tinrent devant moi des propos si insultants pour Wanda que je fus obligé de me fâcher. Elles me traitèrent alors de faux camarade et je me brouillai à demi avec elles.

D'ailleurs Wanda était à Biarritz, d'où elle m'envoyait des lettres éperdues et magnifiques, qui me faisaient dire qu'aucune femme n'était aussi capable d'amour et un peu mépriser Herpin de n'avoir pas su mieux éveiller cette flamme vive et pure.

Il avait disparu lui-même, sans voir personne, aussitôt après avoir reçu la lettre de Wanda. J'ai su depuis qu'il s'était retiré en Savoie. Je n'en avais pas été fâché, mais j'appréhendais son retour. Pour prendre nettement position, j'avais omis de lui adresser le moindre mot, désireux de rompre avec lui avant nos fiançailles.

Le retour de Wanda était annoncé pour les premiers jours d'octobre. Je lui écrivais, chaque jour, de longues missives, où je mettais le meilleur de moi-même, l'expression de ces sentiments en quelque sorte souterrains, si rares dans notre vie, si profonds, si exaltés, que je me suis demandé souvent, depuis, s'ils représentaient ce qu'il y a de plus vrai en nous, de plus général, ou, bien au contraire, une floraison artificielle et momentanée, entièrement extérieure à notre conscience et presque isolée de notre caractère.

J'étais à ma table, par une des dernières après-midi de septembre, finissant une de ces lettres, quand la porte s'ouvrit brusquement pour livrer passage à Martial Herpin.

Je levai la tête et le regardai avec calme. Maigri, jauni, l'œil mauvais, la bouche amère, il me considéra un moment en silence, puis me dit :

— J'ai tenu à te remercier de tes bons offices. Grâce à toi, n'est-ce-pas, ma situation est nette ?

Je lui répondis avec irritation :

— J'ai transmis à Wanda tes observations. Tu n'avais, après tout, qu'à les faire toi-même. Est-ce ma faute si tu t'es rendu odieux à elle, si tu l'as harcelée, excédée, exaspérée? Tu oublies trop vite, Martial, le travail incessant que j'ai fait pendant six mois pour écarter tes rivaux, te ménager des rendez-vous ; en un mot, pour que tu réussisses à te faire aimer de Wanda. Et toi, pendant ce temps, tu multipliais les gaffes, tu agissais toujours à contre-sens. Mes conseils, mes avis ne te servaient de rien. Tu voulais n'en faire qu'à ta tête : fameuse tête, ma foi! Enfin, tu as été agréé, on t'a aimé, — ou on a cru t'aimer! — tu as été livré à toi-même : le résultat ne s'est pas fait attendre.

— Tu m'as desservi tant que tu as pu, grommela Martial.

— Je te demande pardon, je t'ai servi tant que cela m'a été possible.

— Mais alors, explique-moi comment j'ai pu me rendre haïssable ? Qu'ai-je fait ? De quoi suis-je coupable ?

— Je n'en sais rien. Je ne te rapporte que les propres paroles de Wanda. Tu dois être capable, mieux que moi, de juger de ta conduite avec elle.

— Je n'y comprends rien...

— Wanda est capricieuse, indépendante ; elle s'ennuie vite ; il faut l'amuser et l'inquiéter à la fois. Il faut lui donner l'impression qu'elle rit, qu'elle est émue et qu'elle demeure libre en même temps. Et toi, comme une Madeleine, tu ne savais que pleurnicher et répéter : « M'aimez-vous ? M'aimez-vous ? » Au premier mot que je lui ai dit à ton sujet, elle a bondi et elle m'a crié : « Allez-vous, à votre tour, comme Martial, me demander si je l'aime ?... »

Herpin, hésitant, se demandait si j'avais raison ou non, s'il était, à son insu, innocent ou coupable. Comment l'eût-il su ? Moi-même étais-je capable de juger ma propre conduite ? J'étais sincère en disant que je m'étais entièrement dévoué à la cause de Martial, et cependant, en même temps, par une sorte de calcul inconscient, j'avais tout fait pour intéresser Wanda plus à moi-même qu'à mon ami. Toutefois mes explications lui semblaient valables ; il devait se dire qu'il n'avait pas un caractère à affronter une Wanda. Mais son ressentiment fut plus fort que sa raison.

— On dit que tu vas l'épouser...

— C'est possible. Je n'en sais rien...

Il éleva la voix :

— Tu vois bien que tu m'as trahi !

— Non, je t'ai défendu jusqu'au bout. Mais de ce que tu as gâché ta part de bonheur avec Wanda, il ne s'ensuit pas fatalement qu'elle doive être, elle, malheureuse toute sa vie !

— Et c'est toi qui te chargeras, à mes dépens, d'assurer ce bonheur...

— Moi ou un autre. Ce n'est pas ton affaire. Il ne fallait pas être un imbécile.

— Ni toi un traître, cria-t-il, soudain en fureur. Traître, traître, faux ami!

Je haussai les épaules.

— Va-t'en, lui dis-je doucement. Tu comprendras plus tard. Aujourd'hui, tu n'es pas en état de réfléchir. Je te jure, Martial, que je suis navré de ce qui t'arrive et que j'ai tenté l'impossible pour te sauver. Toi seul t'es perdu!

Il balbutia quelque chose que je n'entendis pas et recula vers la porte, en me jetant des regards haineux. L'instant d'après, le battant se refermait avec bruit...

Je soupirai et j'essayai de reprendre avec Wanda ma conversation écrite ; l'inspiration m'avait fui. Je remis au lendemain la fin de ma lettre et je sortis.

Mais la mélancolique image de Martial me poursuivait. Je le plaignais du sort malheureux qui s'était attaché à lui et qui se jouait de ses esprits au point de lui faire voir en moi l'artisan de sa défaite. Hélas! plus je connaissais Wanda, — je croyais encore, en ce temps-là, que je connaissais Wanda! — plus je comprenais que le pauvre Herpin n'était guère fait pour elle. Et, à mesure que je pensais à lui, ses défauts, que, pendant tant d'années d'amitié, je n'avais pas vus, frappaient maintenant mon imagination. Mais aujourd'hui, je regardais Martial avec les yeux de Wanda, plutôt qu'avec les miens, et dans ce miroir déformant, — ou plus exact, je n'en sais rien, — l'honnêteté de Martial se faisait lourdeur; son sérieux, ennui; sa tendresse, niaise sentimentalité; sa fidélité, manque de tentation intérieure. Je sus ainsi combien nos jugements d'autrui sont faux et bornés et, le plus souvent, moins l'expression d'une vérité quelconque qu'une projection en apparence logique de notre bienveillance ou de notre mauvais vouloir, de notre affection ou de notre antipathie!

Enfin Wanda rentra à Paris.

Comme il m'était pénible de la revoir, au milieu de sa famille, — ou de la mienne, — dans les circonstances bizarres que nous traversions, elle accepta de venir me trouver place des Vosges, dans cet intérieur qu'elle ne connaissait pas encore et qu'elle était curieuse de visiter. La chose lui était d'ailleurs assez facile, car elle allait et venait seule, avec une grande liberté.

Le jour où je l'attendis est un de ceux qui demeurent le mieux gravés dans ma mémoire. Je me souviens que je ne pus rien faire jusqu'à quatre heures, sinon sortir deux ou trois fois pour acheter des fleurs, des gâteaux, sinon enlever, sur une boîte de laque ou sur une coupe, d'imperceptibles grains de poussière, changer un tableau de place, enfouir avec horreur, au fond d'une armoire, un coussin déchiré, un roman médiocre, ou avancer et reculer, tour à tour, les aiguilles de la pendule, selon que j'avais envie de la voir arriver plus vite ou, au contraire, de me laisser plus de chances de ne pas désespérer, si elle était par trop en retard. Tout homme ou toute femme d'esprit sain qui m'eût regardé aller et venir, sans cause apparente, dans mon appartement, ouvrir et fermer un livre, bâiller cent fois l'heure, me diriger vers la fenêtre ou brosser mes cheveux toutes les vingt minutes, eût aussitôt reconnu que j'étais amoureux.

J'ébouriffais du doigt des chrysanthèmes rageurs, quand la sonnette tinta.

Je trouvai Wanda engraissée, embellie,

mais plus blanche encore, comme si le soleil qui noircit les chairs brunes se conten-
tait de dorer les claires. Notre situation
était encore si nouvelle pour nous que nous
commençâmes par jouer le jeu des gens
en visite, avant de reprendre celui des
amoureux. D'ailleurs, pour aller de l'un à
l'autre, nous fîmes comme les grands artistes,
nous sautâmes la transition.

Je racontai à Wanda mon entrevue avec
Herpin. Elle fit la moue.

— Ne me parlez jamais plus de lui, me
dit-elle. Je ne me console pas d'avoir com-
mis une pareille erreur...

De telles paroles étaient bien faites pour
donner de l'aliment à ma démence. Comment eussé-je alors soupçonné la vérité?
Wanda se leva, fit le tour de la pièce,
louant, critiquant, à tour de rôle. Je la
menai à la fenêtre, lui montrai la maison
de Victor Hugo.

Elle murmura rêveusement :

> Puisqu'ici bas toute âme
> Donne à quelqu'un...

— J'aime tellement ce coin de Paris ! me dit-elle ensuite. Il ne faudra pas déménager, Guy. Nous habiterons toujours cette maison. Il me semble que je vais voir passer un carrosse tout doré dans une de ces rues... Hélas! il n'y a plus que des autobus...

Elle s'accroupit devant la bibliothèque basse, regardant les livres, les uns après les autres, laissant courir son esprit au hasard, disant ces choses absurdes ou justes, qu'inspire la jeunesse :

— Tiens, vous avez le *Dictionnaire des Précieuses* ? C'est de circonstance ici... Ah ! *Les Liaisons Dangereuses !* Trop méchant pour mon goût! Stendhal... Il paraît que c'est admirable mais je n'y ai rien compris : ça va trop vite ! *Conversations de Gœthe avec Eckermann*. Connais pas... Je n'ai lu que *Werther* et j'ai pleuré, vous savez, une nuit entière, sur la mort de ce pauvre M. Werther... Mais je me suis consolé quand j'ai su que cet ancêtre de Martial portait une sorte d'affreux chapeau melon.

— Qu'aimez-vous, Wanda ? Quels sont vos livres préférés ?

— Mais je ne sais pas, moi, des tas de bons, de mauvais. *Dominique*, par exemple... C'est peut-être le roman que j'ai le plus souvent relu... *Mademoiselle de Maupin*... J'aurais tellement voulu, moi aussi, m'habiller en garçon et avoir des aventures inouïes ! J'ai beaucoup de goût pour *Le Comte Kostia*, pour la même raison, je suppose... Mais la fin en est bien mauvaise. Ah ! et puis, le *Journal de Marie Bashkirtseff*. Il y a des moments, quand je lis certains passages, où il me semble que c'est moi qui les ai écrits ou tout au moins pensés... Il y a aussi des pièces de Dumas fils dont je raffole. Tenez: *L'Ami des Femmes*, par exemple, ou *Le Demi-Monde*. Ça me semble d'un romanesque! Je ne sais pas pourquoi, par exemple. Et puis, Loti... J'ai un culte pour Loti. Si jamais je fais des bêtises, ce sera sa faute. Quand j'ai lu beaucoup de Loti, à la file, je ne sais plus où j'en suis, la tête me tourne, je me sens triste à en mourir, et puis, voluptueuse! Il me vient des désirs étranges de choses que je ne connais pas... Aimez-vous Charles Guérin ? Pour moi c'est le plus grand poète du XIXe siècle, je le préfère même à Baudelaire. Et cependant, *Les Bienfaits de la Lune*... Connaissez-vous un poète qui s'appelle Rimbaud ? Il paraît que c'est très bien... Aimez-vous Sully-Prudhomme ?

Notre conversation littéraire n'alla pas plus loin. Nous nous assîmes sur le divan et nous recommençâmes ce duo d'amour, dont les paroles sont toujours les mêmes, mais dont l'air varie chaque fois. En pressant contre le mien ce corps tiède, souple et parfumé, il me venait des envies soudaines de prendre en pitié l'humanité, tous ces pauvres êtres qui n'avaient pas à embrasser, à serrer dans leurs bras, à respirer, à adorer une Wanda ! Comment, oui, comment avais-je pu passer tant d'années, sans comprendre que Wanda était la seule femme que je pusse aimer et par quel sortilège avait-il fallu que je ne me rendisse compte de mes sentiments qu'au moment où je l'avais vue moi-même amoureuse d'un autre ?

Dès lors commença pour moi une vie nouvelle. Je me réconciliai avec ma famille, afin de pouvoir retourner à Jouy tout à mon aise. D'ailleurs, la rupture du mariage de Wanda était maintenant un événement ancien, qui n'intéressait plus personne. Nous avions décidé, tous deux, de ne pas parler encore de nos fiançailles; ni ses parents, ni les miens n'étaient au courant de nos projets.

Il ne me restait donc plus qu'à jouir de ces heures enchanteresses que le destin me donnait. Elles étaient si belles d'ailleurs que je n'éprouvais aucun besoin de les abréger et de les transformer. Wanda partageait là-dessus mon sentiment, comme sur toute chose d'ailleurs, ou peut s'en faut.

Par exception, l'automne fut splendide et moins pluvieux que de coutume. Les arbres conservèrent leurs feuilles assez tard, et Wanda et moi, dans les bois qui entourent Jouy, nous faisions de longues et troublantes promenades. Elles donnaient à notre amour si vif, si enjoué, si dénué de soucis, un certain caractère romantique, il faut bien l'avouer, qui ne fut peut-être pas sans influencer la suite de notre histoire.

Nous foulions longuement un sol feutré de fourrures et sur lequel s'amoncelait sans fin la chaude toison des arbres. Parfois, nous nous asseyions sur un tronc renversé, et, à travers notre plaisir montait toup à coup, brusque comme un jet d'eau que l'on délivre, je ne sais quelle appréhension de l'avenir, je ne sais quel sentiment funèbre de la vie. Les bois, à l'automne, dégagent une odeur d'éther et de dissolution : nous nous penchions avec un amer plaisir sur ces cassolettes de néant, sans trop vouloir examiner le danger qu'il y a à se complaire dans cette délectation mélancolique. Notre amour s'y ravivait, croyions-nous, par le spectacle de la destruction, par le contraste qu'il y avait entre sa verte jeunesse, toute riche d'avenir, et la vue de ces décombres poétiques, que l'année abandonnait en courant à son terme. Et quand nous nous embrassions, au milieu de ces feuilles moites, de ces lumières incertaines, sous ces dômes ravagés, dans l'acide parfum de la terre d'automne, nos baisers étaient plus vibrants et plus délicieux, comme s'ils constituaient le seul bonheur réalisable, en un monde voué aux lois de la fluidité et de la désagrégation.

Quand je revenais à Paris, je reprenais ma vie active, et ces songes voluptueux et nostalgiques ne pesaient guère sur mon esprit : mais je remarquais qu'il n'en était pas de même pour Wanda.

Bientôt, elle cessa de montrer cette gaieté, cet entrain qu'elle manifestait depuis sa rupture avec Martial. En arrivant chez elle, je la trouvais soucieuse, inquiète. Un jour même, il me parut qu'elle avait pleuré. Je n'osais l'interroger, mais j'attribuais, sans trop m'inquiéter, ces sautes d'humeur au changement de saison, et aussi à ces éléments troubles de sa personnalité, dont je savais bien qu'elle ne se débarrasserait que fort lentement et sans doute même avec sa jeunesse.

Pourtant, un soir, j'eus un frisson de peur. Il avait plu tout le jour et je ne me rendis à Jouy qu'assez tard. Bien que la nuit commençât à tomber, Wanda était encore dans le jardin. Je la trouvai tout au bas, assise sur un vieux banc, toute pelotonnée dans une pèlerine de son frère.

— Wanda, lui criai-je, que faites-vous là ?

Elle tressaillit à ma voix et, au lieu de s'élancer vers moi, comme elle faisait d'habitude, elle se recroquevilla davantage dans sa cape sombre, avant de me répondre, d'un ton hargneux :

— Mais rien, vous le voyez bien.

— Vous m'attendiez ?

Ce mot la fit sursauter, comme un coup de cravache.

— Vous attendre ? Ah ! ça, mon cher, vous renversez les rôles, je crois ? Est-ce que je suis une femme à attendre quelqu'un, même vous ? Vous venez, c'est très bien, mais si vous ne vouliez plus venir, je n'en mourrais pas de langueur, je vous assure.

— Wanda, murmurai-je, il ne s'agit pas de cela ! Vous prenez la mouche, tout-à-coup...

— Je ne prends pas la mouche : c'est vous qui m'exaspérez avec votre fatuité.

Je faillis, cette fois, me laisser emporter par la colère, mais l'image de Martial passa devant mes yeux. Je m'étais dit, une fois pour toutes, que je ne devais jamais me conduire comme il l'eût fait à ma place. Ici, il se fût certainement révolté, eût mené la discussion jusqu'à son épuisement.

Je me contentai donc de m'asseoir en riant à côté de Wanda et de lui parler aussi simplement que possible. Elle bougonna un moment encore, puis elle se calma peu à peu et bientôt nous pûmes reprendre nos rapports habituels, comme si de rien n'était.

Peu après, d'ailleurs, les Vionayves rentrèrent à Paris, où ils passaient les trois mois d'hiver, dans un appartement de la rue Oudinot, qui donnait sur de vastes, lumineux et profonds jardins.

Tous les soirs, j'allais voir Wanda. Elle avait un petit salon, à elle, attenant à sa chambre et qui contenait ses souvenirs, ses bibelots et un nombre incroyable de photographies accrochées partout ; amis et amies, grands écrivains, reproductions de tableaux, vues de villes, de jardins, instantanés pris en voyage, portraits de caniches familiers, de chats, de serins, de perroquets...

— Ma parole ! lui dis-je un jour, on dirait, à voir vos murs, que vous avez soixante-dix ans.

— C'est quand on est jeune qu'on a des souvenirs, me répondit-elle, avec assez d'intelligence, et qu'on leur est attaché. Plus tard, on se désintéresse de plus en plus des menues choses de la vie!

Je retrouvais parfois, chez elle, des camarades, des jeunes filles, des chiens chinois; mais le plus souvent, elle était seule, gaie, vive, brillante, et, certains jours aussi, taciturne, et un voile de tristesse et d'ennui répandu sur son beau visage.

Je lui demandai enfin à quelle date il convenait de fixer l'époque de nos fiançailles.

— Mais au printemps, si vous le voulez bien, me répondit-elle mollement. Evidemment, il faut bien y penser. Nous ne pouvons pas rester toujours ainsi. C'est dommage!

— N'avez-vous pas envie, lui dis-je, de vivre entièrement avec moi et pour toujours, de penser que nous nous appartiendrons complètement, que rien ne pourra plus nous séparer ?

— Oui... non... si l'on veut ! Moi vous savez, je suis un être peu social. Ces combinaisons mondaines, ces soucis protocolaires, me laissent assez indifférente.

— Il ne s'agit pas de combinaisons mondaines, mais d'amour...

— Je ne vous contredis pas.

Ce même soir, elle se mit au piano et rejoua je ne sais pourquoi, ces *Barricades mystérieuses*, de Couperin, qu'elle aimait tant et qui me plaisaient aussi d'ordinaire. Pourquoi, ce jour-là, ressentis-je une sorte de malaise, d'angoisse indéfinie ? C'était toujours le même engourdissement secret qui montait de cette musique, la même fascination paralysante. On l'eût écoutée longtemps, sans oser s'en déprendre, ni reconquérir sa liberté. Elle enroulait sans cesse sur elle-même des anneaux de volupté mortelle, de mélancolie sans grandeur, elle allait et venait comme un bac qui glisserait d'une rive à l'autre et qui ne transporterait que des couples désunis, que des amants morts ou séparés. En l'écoutant, il me semblait voir, au bas d'un vieux jardin moisi et ruineux, des murs de roses qui s'élevaient sans cesse, étageant leurs assises pulpeuses et poudrées d'or, leurs terrasses mouvantes, couleur de quartz ou de nymphe, mais qui dressaient un mur infranchissable entre des fantômes à perruques ou à paniers et dont les bras se tendaient sans s'atteindre, à travers les haies foisonnantes, les hautes tiges épineuses et fleuries. A plusieurs reprises, je fus tenté de me lever, de supplier Wanda de s'interrompre, mais je demeurai dans mon fauteuil, inerte et comme indifférent, épuisé par la langueur de cette musique anémiante et suave.

— Eh bien ? me dit Wanda, quand elle eut fini, qu'avez-vous, Guy, vous semblez bien effondré.

— Cette musique ne me vaut rien. Elle m'anéantit.

— Il ne vous en faut pas beaucoup pour cela ! Moi, je l'admire de plus en plus. Je finirai par ne plus jouer que Rameau, Couperin, Daquin et Dandrieu, mais c'est Couperin que je préfère encore à tous. Il me semble, quand je l'écoute, que je ne suis plus une sotte fille d'à présent, avec les ridicules manies de mes contemporains, mais que je participe à la vie délicieuse du XVIIIe siècle, que je vais me coiffer à la *Belle-Poule*, avoir des paniers de trois mètres de tour et fréquenter Mlle de Lespinasse ou Mme d'Epinay.

— Hélas ! dis-je, je voudrais bien qu'il en fût ainsi ! Après tout, c'est peut-être aussi ce regret qui me donne une telle tristesse, quand vous jouez ce morceau-là !

Dans les premiers jours d'avril, les Vionayves retournèrent à Jouy. J'étais impatient
qu'ils le fissent. Il me semblait que l'hiver
avait une mauvaise influence sur Wanda
et peut-être sur moi-même. Nous avions en
quelque sorte, pris l'habitude de notre
amour; nous n'éprouvions plus ces transports, ces extases, ces enrichissements qui
restaient inextricablement liés pour nous
au souvenir des bois et des jardins de
Jouy. Malgré tout, à Paris, nous étions
moins abandonnés à nous-mêmes, moins
seuls. Et puis, l'atmosphère d'une ville
porte en soi quelque chose qui vous con-

traint, vous rend défiant, renfermé. Nous avions besoin de nouveau de la libre expansion et du grand conseil de la Nature.

Le printemps vint, et cette résurrection dont j'attendais tant! Sur les arbres, les bourgeons gommés firent d'innombrables petites saillies, comme des encoches où l'on pouvait mesurer les progrès du renouveau. Chaque fleur parut à son heure, avec la pompe prévue d'un protocole fixé depuis des millénaires : pas un pommier qui fût en contradiction avec l'almanach! L'herbe se lustra comme le poil d'une bête bien nourrie. Les hirondelles revinrent d'Égypte, nous rapportèrent le cours du coton, les derniers potins de Louqsor, quelques secrets sans intérêt ravis avec peine au silence du Sphinx. De temps en temps, les nuages écartaient leurs rideaux, montraient très loin, là-bas, un mouchoir d'azur qui s'agitait, qui vous disait: « Bonjour! Bonjour! A bientôt !... » Puis, ils laissaient retomber leurs embrasses, et il n'y avait de nouveau au ciel qu'un grand imperméable à mille plis.

Et j'épousais moi-même tout ce printemps, d'une âme avide et joyeuse. Il me semblait qu'une joie nouvelle naissait en moi, que mon corps avait les irritations, les craquements, les poussées d'un arbre qui s'accroît. Et ma passion rajeunie, elle aussi, s'élançait vers l'avenir, comme une branche qui tend au soleil. Je mêlais Wanda à la nature entière, comme si elle était le nœud de ce panthéisme amoureux, qui ressuscitait en moi le faune éternel, l'ami de la naïade, de l'oréade, aussi bien que le confident de la rose ou de l'oiseau.

Mais ce printemps, qui développait dans mon cœur une telle frénésie sentimentale, semblait écraser, limiter Wanda. Sans doute, surexcitait-il en elle ce qu'elle sentait dans sa vie de dissonant et d'insatisfait, faisait-il lever du fond de son être toutes les puissances mauvaises qui y fermentaient sournoisement.

Avec une angoisse chaque jour plus cruelle, je la vis reprendre ce masque ennuyé, absent, maussade, qu'elle montrait au temps de ses premières fiançailles et qui avait torturé Martial. Comme alors, je la surpris, à différentes reprises, assise au bord de quelque terrasse, le regard anxieux et vague et les sourcils froncés. A mes paroles amoureuses, à mes effusions, elle n'opposait que gestes évasifs ou refus, attitudes glaciales ou phrases volontairement conventionnelles.

Malgré tout, je ne pouvais me décider à voir la vérité, je me mentais avec autant de bonne foi que lorsque je refusais de comprendre que je devenais amoureux de Wanda.

Je me souviens, d'ailleurs, qu'un tel instinct de lutte me dominait en ce moment, qu'aucun découragement n'avait sur moi de prise. J'entendais garder, garder âprement, cette fille des hommes, que j'avais eu tant de peine à conquérir et que je ne savais quel danger menaçait de me dérober... Hélas ! ce danger cruel et vague, c'était Wanda qui le portait dans le secret de son destin ! Et je le sentais bien, puisque jamais je ne lui demandais de fixer la date exacte de notre mariage, puisque je m'efforçais de ne lui rappeler en rien la promesse qui demeurait entre nous. Mais, même sans que je lui en ouvrisse la bouche, ma présence impitoyable l'obligeait à ne pas s'en distraire.

Cette situation était d'autant plus pénible pour moi qu'à la longue, je perdais toute indépendance à l'égard de Mlle de Vionayves. Je me faisais lâche, soumis, humi_lié. De crainte de la décevoir, je n'osais plus la contredire et je finissais par perdre toute espèce de personnalité. J'assistais avec honte à la faillite de mon propre caractère, sans avoir le courage de réagir, ni d'aveugler cette lucidité douloureuse, qui me permettait de comprendre que j'achevais ma propre ruine.

Cependant, cette incertitude me devint intolérable. Un soir de mai je résolus d'en avoir le cœur net et d'interroger Wanda.

J'avais attendu quelques jours pour le faire, guettant une heure où elle me parût moins sombre et plus accueillante. Or, cet après-midi-là, elle m'avait charmé par son enjouement et son espièglerie. Je jugeai le moment venu et comme nous descendions au fond du jardin pour cueillir des iris, je la forçai à s'asseoir sur un vieux tronc moussu, écroulé dans un coin.

Il faisait frais et pur. Le ciel s'abattait

sur le coteau d'en face, comme une nuée de flèches d'or. Un doux vent crépusculaire communiquait aux arbres un balancement mélodieux, qui nous remplissait l'âme d'un vague bonheur physique. Aucune heure ne m'aurait paru aussi propice pour essayer de la reprendre.

— Eh bien, Wanda, dis-je, en m'emparant du bras de mon amie, ne pourrions-nous pas décider dès aujourd'hui de la date de notre mariage ?

— Patatras ! fit-elle simplement.

Déjà, je m'irritais :

— Eh quoi ! Quelle est cette sotte plaisanterie ?

— Je n'ai fait aucune plaisanterie, Guy, j'ai répondu : « Patatras » voilà tout ! Pourquoi m'avez-vous posé cette question ? Pourquoi me forcez-vous à vous dire ces choses si cruelles, si déplorables, que j'ai sur les lèvres depuis tant de semaines, sans oser les prononcer ?

Je baissai la tête, et un grand froid mortel m'envahit. Elle n'avait pas besoin d'aller plus avant, mon destin était fixé, et la colère, la rancune, le désespoir et le mépris de moi-même se disputaient mon cœur.

— Guy, s'écria Wanda, avec une immense amertume, je souffre plus que je ne peux l'exprimer de l'aveu que je dois vous faire ! Je suis si malheureuse ! Ayez pitié de moi ! Je ne suis pas une coquette, je suis sensible, j'ai du cœur, je n'ai pas de reproches à me faire... mais je ne vous aime pas. Pendant des mois et des mois, j'ai retourné dans mon esprit cette affreuse vérité, et c'était cela qui me faisait si triste, si fuyante, si désagréable avec vous. Quand j'ai compris que je n'aimais pas Martial, j'ai cru que c'était à cause de vous et que je m'étais trompée sur mes sentiments. Je vous ai menti de bonne foi, et les premiers temps, j'ai pu espérer que mon amour était enfin fixé. Et puis, j'ai dû reconnaître que mon imagination s'était encore moquée de moi...

Je balbutiai :

— Mais, Wanda, peut-être vous leurrez-vous maintenant. Êtes-vous bien sûre que...

— Hélas ! mon cher ami... Excusez-moi de vous retourner le fer dans la plaie, mais il faut que je m'explique une fois pour toutes. D'ailleurs, comprenez-moi bien, ce que j'ai à vous dire n'a rien de blessant pour vous. Je n'ai pas cessé d'avoir une grande affection pour l'ami que vous avez toujours été... Non, ce qui m'importune, ce que je prends en grippe, c'est l'amoureux, c'est le mari futur, c'est l'homme qui se croit des droits sur moi ! Un jour, je me suis aperçue brusquement que je m'ennuyais dans votre société, comme je m'étais ennuyée avec Martial, et alors mon supplice a recommencé. Éloignée, je pouvais encore penser à vous avec tendresse, mais quand l'heure de votre venue approchait, une sourde impatience s'emparait de moi; le désir fou, violent, d'être seule, de ne pas vous voir... J'avais hâte que vous me quittiez. Après, il me semblait être débarrassée d'un grand poids, d'une intolérable contrainte. Je vous ai caché la vérité tant que j'ai pu, j'ai fait des efforts surhumains pour continuer à vous jouer la comédie. Un jour, je n'ai plus pu y tenir... Il y a en moi je ne sais quelle mystérieuse barrière qui m'empêche d'atteindre le bonheur. Ma volonté n'a rien à voir là-dedans...

Je me levai.

— Adieu, Wanda !

Elle s'écria avec un grand désepoir.

— Avec vous, c'est plus terrible qu'avec Martial. Car je perds, non seulement un

amoureux, mais un ami ! Guy, jurez-moi
que vous ne m'en voulez pas !

— Je ne vous crois pas responsable de
ce que vous avez fait. Adieu, Wanda !

Elle s'empara de mes mains et avec une
frénésie passionnée, elle les baisa toutes
deux. Je souffris tant en ce moment que je
faillis m'évanouir. Mais je me dégageai
doucement et je posai mes lèvres sur son
front.

— Ne vous en allez pas, me dit-elle
humblement. Essayons encore. Qui sait si
je ne guérirai pas ?

— Non, lui dis-je, c'est trop tard. Et puis,
à quoi bon ? Adieu...

Elle me laissa partir. Et quand, arrivé au
coin de l'allée, je me retournai vers elle, je
la vis qui sanglotait, la tête cachée dans
ses doigts.

Je rentrai chez moi. Je n'avais plus rien

à faire de ma vie. J'essayai d'abord de me trouver des occupations machinales, de ranger une armoire, d'établir un fichier pour mes cauchemars. Mais ma peine fut la plus forte. Brusquement, tous les câbles qui me retenaient à quelque chose venaient de se rompre à la fois. J'allai à la dérive comme un bateau perdu. Je n'attendais rien, je ne regrettais rien, je n'aimais rien. J'étais comme enivré d'indifférence. La souffrance me paralysait, m'anesthésiait : je souffrais très peu, mais je ne vivais presque pas. J'étais aussi diminué que le boa qui digère un lapin, que le jongleur qui a raté un tour. Cette torpeur dura presque une semaine. Puis vinrent les jours de colère, les jours de désespoir, les jours de pitié. Je me comparais à Martial Herpin, — quel outrage ! — ou j'arrêtais les circonstances de ma propre mort, ou je débordais de miséricorde universelle.

Le pire fut l'ennui. Il détrôna peu à peu tout le reste. Il s'installa chez moi en vainqueur. Nous fumions notre pipe en face l'un de l'autre. Il me répétait ses banalités coutumières, — quel médiocre causeur ! — tout ce qu'il a murmuré déjà à l'oreille de Job, de Salomon, de Chateaubriand, de Jules Laforgue. Mais, dans mon désœuvrement, j'étais bien contraint de l'écouter. Je préférais encore sa société maussade à celle de mes camarades de café. Ainsi les mois passèrent. J'abandonnai au fil de l'eau ce qui me restait de jeunesse, d'élasticité. Je cessai d'être un écureuil, un guetteur sur sa tour. Je fus admis dans la société des vieilles mousses, des oncles célibataires, des sénateurs. Mon ombre ne creusait plus le sol, elle y pesait à peine comme un oiseau qui va s'envoler. Je ne renouvelai plus mes anecdotes.

Je pensais très peu à Mlle de Vionayves,

mais beaucoup à moi. J'évitais de me souvenir d'elle, mais, à tout moment, elle traversait mes rêves, et chaque fois, quand je me réveillais, au sortir du songe qui l'avait ramenée, j'avais l'impression que je venais de pleurer, — de pleurer, en dormant, je ne sais où, ailleurs que sur mon oreiller, de pleurer dans ce lieu clos, inconnu et obscur, où s'écoule peut-être dans le silence notre existence véritable.

Je n'ai jamais revu Wanda. Je voyageai longtemps afin d'occuper ma vie, qui demeurait morne et déserte, angoissante à force de vide et d'involontaire détachement. Puis je repris peu à peu mes travaux, mais avec une certaine indolence qui ne m'a plus quitté depuis.

Quand Martial Herpin sut que je n'épousais pas Mlle de Vionayves, il revint, un soir ; mais quelque chose s'était rompu entre nous ; nous essayâmes en vain de trouver un sujet de conversation commun, puis, devant cet échec, nous nous séparâmes définitivement.

Wanda ne s'est jamais mariée. Ses parents sont morts, son frère et sa sœur, aussi. Elle vit seule et elle erre par le monde. Elle visite les musées et les expositions. On m'a dit qu'elle n'avait pas entièrement perdu sa beauté, mais qu'elle était toute blanche et qu'elle semblait indifférente à tout. Deux ou trois fois, j'ai failli lui écrire, je me suis toujours dit : « A quoi bon ? »

Et voilà quelle est la mélancolique histoire qui repasse lentement devant mon esprit, quand un almanach quelconque m'apprend que c'est le 1er juin, ou quand, par hasard, les accords morbides, troublants ou langoureux de Couperin me viennent aux oreilles. Mais, avec le temps, j'ai fini par haïr toute musique.

Jouy-en-Josas, juillet 1916 —
Mazargues, août 1919.

ACHEVÉ D'IMPRIMER LE VINGT-ET-UN
SEPTEMBRE MIL NEUF CENT VINGT-DEUX
PAR PROTAT FRÈRES IMPRIMEURS, MACON.